大畑光義詩集

悔恨の鐘が鳴る

大畑光義

文芸社

まえがき

明るく治めると云う明治、明治の衣に着替えて世界に向かって門をひらいた近代日本は、どんな思いに胸を膨らませていたのでしょうか。

アジアを見渡した時、どこ迄もつづいていた欧州の国々による植民地の世界である事を知って、はやる思いに駆られたのでしょうか。

中国大陸への進出！　こんなテーマがうぶ声をあげていたそうです。近代の戦争（人物往来社）満州帝国を日本はどんな力で築き上げたのでしょう。

中国の清の時代の廃帝を満州の皇帝に引っ張り出して、世界が認めようとしなかった満州を新しい独立国家であると言う構えを見せていたことを知りました。

日本の傀儡《かいらい》国家であることも大陸を侵略した国の民であることも、満州の日本の民には生理的にも受け入れられないほど、聖戦と云う思想は胸に深く染め込められて、無知と云う飢えにも苦しめられていたことを知りました。

難民となった日本の民ほど過酷にあしらわれた難民を私は知りません。

記憶の世界の扉を叩いて、あの闇の日々を尋ねて詩を綴っているうちに心を貫いて来ました。国や民のそれぞれの良心の前には打ち鳴らさなければならない悔恨の鐘が置かれているのではないでしょうか。

二〇〇〇年　晩秋　　茨城守谷にて　　大畑光義

目次

目次

別れの日

とても幼い日の玩具は
逃れる為に乗る馬車の車輪の下に
さようならの思いで置いたのではなかったのか
硝子の管に入った
新しいパステルをポケットにしまい
綺麗な箱は
植え込みの下に隠した

あの日は
とこしえの別れであることの

重みを知らなかった

自分が生まれた国満州は
もはや崩潰《ほうかい》しようとしていた
その時の計り知れない驚きの
ひと揺れさえ
胸は知らなかった

急報を知って駆けつけた邦人たちの前に
飛行場は
まるで砂漠の様に茫洋として
遠足で来た時に見た

あの日の兵士たちも機影も
幻のように消えていた

どこまで近づいて来ていたのだろう
戦意をとどろかせる
ソ連軍の夥しい軍靴よ
そんな時に
誰もいないビルの屋上から
僕は見下ろしていたのだった
純粋な民たちを

幼年のあの夏の日に

俯瞰《ふかん》していたのではないのか
帝国主義者が
兵士や民を震い立たせて
求めさせていたものが
まるで霧のように
霞のように消えて行くのを

通告される

あの子供の親は誰なのか
聞きに来た中国兵は
ロシア人が
殺せと云っていたと告げた

近くの建物の中に
僕は不意に入って行った
モーターの音を耳にした途端
怒りながら現れた
あのロシア人に違いない

きっと光らせたのだろう
まだ収め切れずにいた
侵攻の日の殺意の刃を

日ソ不可侵条約を蹴破った
八月九日の闇夜の
優越感が
まだ胸に烈しく生きていたのだろうか

遺恨

戦争が終わっても
終わることを告げないものがある
日本難民に
砲口を向けることは
中国兵には
普通の思いつきだった

それほどに充ちている
思いの底に
何が

煮えたぎっていたのだろう

突然難民の群れが
バタバタと倒れた
遠のいて行く意識
死の底に
墜ちて行こうとする自分が
その中にいた

まるで躯をつんざく
あの轟き　あの衝撃
中国の民の号泣ではなかったのか

軈《やが》て
誰もが立ち上がることが出来た
生きていられたことへの
云い知れない安堵
それを覚えても
侵略をした
国の民であると云うことへの
思いの中で
誰が立ち上がれたろう

戦争が終わっても

膨らみつづけるものの前で
冷静になれたろうか
思いを巡らしていたろうか
悔悟の海に浸ることを

覚醒の時

襤褸買《ぼろばい》ー　襤褸買ー
難民収容所の廊下から聞こえて来た
ひもじい思いから
逃れようと
決して襤褸ではない衣類を
売ることに
母はこだわらなかった

難民には
値を付ける権利は

無かったのだろうか
中国人は自由に値段を云って
買って行った

寒さが充ちて来ても
開けてはくれなかった
スチームの元栓
その代わりにだろうか
衣類を支給された
そして一週間も過ぎると
折り目から破れ出した
紙の服だった

寒さと飢えとうつろな日々が繰り返した
戦いに破れたからだろうか
日本帝国と云う
虚像を信じていた
無知への懲らしめだろうか

民は明らかに知ったろうか
憂いを深めたろうか
自らの国の
罪と共に暮らしていたことを

民の涙

ふと見ると
隣で
誰かの母親が泣いていた
乗っていた屋根のない
貨物列車には
雨が降っていたからだろうか
あの日は分からなかった

きっと他の車輌でも
泣いていた人は居たのだ

あそこだけではない
千島の島々で樺太で
日本列島は日本の歴史は
涙で濡れたのだ

民が神と信じていた人が
知らせたのは
日本の敗戦だった

天皇を
神と信じ切っている酔いから
醒め切れてはいない時の

衝撃と悲しみの民の前で
国家権力者は
忘れていたのだろうか
悔恨の鐘を鳴らすことを
ご聖断！　玉音放送！　などと
あの日にどんなゆとりがあって
美辞麗句を弄んでいたのだろう

怒りは誰に

教室も教科書もないのに
一年生が
難民収容所の庭に並んでいた
彼らは紅い餅と白い餅を
先生から貰っていた

誰もが飢えている時
ただ見蕩《みと》れていた
あの時の驚きは
ユダヤ民族が荒野で暮らしていた時

天から降って来た
マナへの思いにも似ていた

あの奇跡の舞台に
一人の上級生が
ずかずかと入って行って
先生に手を差し出した
バカ!
あの時の一喝は
飢えた少年の躯と心に
突き刺さる前に
国の指導者たちの前に

照準を変えるのでは
なかったのだろうか

新校舎

家から見える野で
材木は告げていた
新しい校舎で
学ぶ日の近いことを

村落に文化が香る
校舎の
晴れの姿は
僕の瞳のどこかに残っているだろうか

国の成り立ちに
疑惑の矢が
世界から飛んで来た
満州を共同管理を
フランスやイギリスから
聞こえて来た声は
後はない
呼びかけではなかったろうか
現人神《あらひとがみ》の国は
何も閃きはしなかった
ソ連がついに

ハンマーを振り上げた

一週間で
瓦礫と成り果てた満州国
傀儡《かいらい》国家　満州の別れに
世界は頬笑んだと言っても不思議はない
多賀城と父が名づけた
あの夢の野に
千振村多賀城小学校は
今も睡っているだけだ

最後の日

飛行場のビルディングを
一人で駈け上がった
中は夜明け前の様に暗かった
どこまで行っても誰もいない

敗北がつづく米軍との戦いに
満州の空軍も飛び立って行ったことも
知らずに
国境を越えて
ソ連軍が侵攻を始めた知らせにも

僕は怯えることを知らなかった
別れの形見と思ったのだろうか
印肉ともう一つ何かを手にした

屋上に出て発見した様に見た
哨兵のいない
見張り台
規律が厳しい筈ではなかったのか
酒罎が転がっていた
基地の最後の日だったのだろう

米軍の対空砲火が人の存在を許さない
険しい南の空へ
どんな思いで　明日のない青春を
旅立たせて行ったのだろう

親善

ぼた山からの帰りだった
出会った一人のロシア兵は
隣のおばさんの
リュックを背負うのを
手伝ってくれてから
側にいた子供を
リュックの上に乗せる様な
仕草をした
そして音もなく
目の前の壁が崩れた

ソ連極東軍の隊列の中で
彼も鬼の様に
目を光らせていた日が
あったのだろうか

八月九日の闇夜に
満州の国境線を突き破って
日本の農民を追い散らした
そんなシナリオは
悪魔サタンが
ワシレスキー総司令官の

胸の中に
燻《くすぶ》らせたのではないだろうか
あのロシア兵は戦争と云う檻の中から
出てこれたので
思いが弾み
心は鳩の様に羽撃《はばた》いていたのだ

白米

苦力《クーリ》ー苦力《クーリ》ーと
親が口にしていた
それは奴隷の様に印度や中国で売買されていた
労働者のことだった

農業を手伝ってくれていた
そうした中国人の所に
正月に行ったことがある
何もなかったのだろう
幼い僕に

しきりに煙草を勧めていた
嬉しそうな笑顔が目に残っている

きっと正月にしか
食べられなかったのだろう
白いご飯が
皿に耀いていた

あの寒い地で
苦力ばかりではない
人の口に白米は限られていた

その米を作っていた
入植地から追い出されて
難民となっていた或る日
中国人の農家に
手伝いに行った

器には
黄色のつぶつぶしたものが
盛られていた
初めて食べた粟の昼食だった

粟　高粱　稗を主食としていた民族に

日本は銃を突きつけ
百獣の王となって
見たかった夢を見たのだろうか

求める

幸せそうに頬笑んでいた
人々ではなかったのか
眸の燦き
胸のはずむ快さ
総てに
愛がこめられていたのではないのか
神から贈られていたのだから

慈しまれて生きている日を
謳っていた躰は

頭も胴体も脚も人生のすべてが
離れ離れとなって
累々としていた

長春市の郊外で覚えた
あの戦慄の日から
求めなければならないものを
いつの日か
そんな思いを
駈け巡らせてはいなかったろうか

倒れた人を

すこやかに立ち上がらせた
死者の睡りを醒まされた
復活を予告されて
その業を証された

求めないでいられるだろうか
あの日は知らなかった
イエスを知る
やすらかな歓びよ
いつの日かそんな道を
歩きはじめていた
もう一人の旅人の僕がいた

最期の声

殴ったなァー
昂奮して喋っている父の声で
夜明け前に目が醒めた
高ぶるのを
母が止めようとしていたのだろう
朝になると
父は語らない人となっていた

その日の夕方
水ー水と口走った妹の声は

生きている日の
最期の声であることを
知らなかった

同じ集落だった婦人が
ある夜
酩酊でもした様に
夢中で
何かを語りながらやって来た
翌日には
別れのことばだったことを
知らされる

包み込まれていた
希望のことばが剥がされた夏
大地も穀物も情熱も
民から離れて行った

息巻いていた誇りは
戦争に
勝っていたからに過ぎない

朝と夕高梁だけが
一つの器に出された

国が収奪した
地に入植していた民であることを
高粱と一緒に
唄しゃくする日々が
一年も続いたのではないのか

そんな日々生死の狭間を
賑わしていた
ことばを
投げつける相手を
知っていたのだろうか
国の権力者は

ただ遠くにいるだけだ

盲信

もう見る時がない
馬に乗って田圃に向かった父
戦場に行く日が
近づいていながら
いつもと変わらない口調だった事を
不思議に思った

僕の胸の中では
国に寄せる
弾み上がる思いは

どこかで糸が切れていた

敵が
いつ攻めて来るかも知れない
先生が語ったことを告げると
日本は
一度も戦争に負けたことがない
母の一言が返って来た

確かなことは
最早信じられないものを
信じさせられていたのだ

天皇を
現人神と信じさせる操作で
盲目にされた
民のことばを
あの日に僕は聞いたのだ

落陽

初めて海を前にした時の様に
息を飲んだ　松花江
あの日はアムール川から
急報を携えて
ざわめいていたのだ

あの川のざわめきよりも
邦人たちはざわめいていた
馬車に乗りかかった
挺身隊の二人の女子学生が

急に馬が動き出した時に
発した
声だけが明るかった

世界の疑惑の
何を晴らしたと云うのだろう
何を整えたと云うのだろう

現人神をしつらえた国では
二度も原爆を落とされて
間もなく
天皇は神を辞めている

仄暗く広がる別れの松花江
満州帝国の太陽が
邦人の足もとから
とこしえに沈んで行く日よ

行き先

関東軍は
侵攻して来たソ連軍を撃退して
進撃を開始して二カ所を占領した
前の貨車から受け取ったメモを
読み上げたのは
小学生だった
総力戦ではなかったのか
中学生もいなかったのだ

占領したと語る二ヶ所の地名も
読み上げていた
敵を撃退する迄山に避難と
母が聞いていたことと符合しても
あの声明は
まるごと天皇を神と信じさせた
たぐいのものではなかったのか

中国人の手から
突然投げつけられた泥のついた雑草
それを顔面に浴びたり
いつか客車に乗っていた窓から

ソ連の歩哨を見たのは
哈爾賓《ハルピン》駅だった
最早民の信じていた世界ではない

あの日は
向かっていたのではないだろうか
倒れたら起き上がれない
侵略をした国の難民であることを
躰のすみずみに迄知らされた
長春市の収容所へ

石の行方は

頭上に繋っていた
夏の樹木の緑を
見上げて入って行った
売店はテントで被われていた
側に転がっていた
数本の空瓶が
幼い僕には珍しかった

突然の様に目の前に広がって来た
大きな像が不思議だった

馬上の軍人像が
横倒しになっていたのが不思議だった

数人の中国の少年が
じっと見ていたのは
日本帝国を
引っ張って来た者の
末の日の姿だったのだ

池のそばに来ると
カーキー色の制服を着た中国兵が
ボートに乗せてくれた

土色に染まった池に
ドボンドボンとした音を
何気なく聞いていると
石だったのだ
石はボートに迄届いて怯えた

中国の少年が投げて来る石に
怯えなければならない者は
いる筈だ
石は歴史にかつてない憎悪を
震わしていたのではないのか

狙いを
定めた人物にひたすら向かって

懲罰

一瞬突き飛ばされて
谷口校長先生が出て行くのを
目の前にした時
僕は石の様に固くなった

難民収容所の広場で
日本人同士の
殴り合いが命じられた
どうして殴れるだろう
どうして力が込められるだろう

殴り方が弱いと見た中国兵が
一人の母親の頬を
分厚い木の皮で激しく一撃した

或る子供たちが木の皮を剥がした
きっかけは
それだけだろうか
それだけで見なければならない
悲しい風景だろうか

抑えることが出来なかった
中国兵の憤りの深さよ

無知でいられるだろうか
五族協和　大東亜共栄圏と唱う
国が押しかけさせた
百十二万の軍隊が
燃え上がらせた燎原の火よ

野宿

幼いあの日に
僕の躰を地面に押しつけたのは
誰だろう
夜の土の上に
躰を横たえさせたのは
誰だろう

宣戦をしたソ連軍だろうか
アジアに野望を広げて
目算がはずれた日本帝国だろうか

躰のそばに皐月よりも枝が伸びた
植え込みを見た
おぼろ気に
公園の風景が浮かんで来る

家も穀物の大地も置き去りにして
おおぜいの家族が
土の上に横たえたのは
躰だけではない
侵攻を始めたソ連軍
豹変した戦争への不安も横たえて

テントも毛布もない夜の時を
いつか目を閉じた

何故悲しいのだろう
何故愚かなのだろう
公園の小鳥や虫たちが知ったら
愛も良識もある筈の
人間が
不幸であることに
絶句するだろう

訣別

国が語っていた
豊かさを手にするには
いのちを賭けなければならない
侵略と云う名のつく戦争だった
訝《いぶか》ることなく民が合わせて来た
日本帝国への歩調は
最早どこへも合わせようがない
着の身着のままで帰って来た
重い足取りの行列が

東京駅の線路を渡っていた
一年前の満州の佳木斯《チャムス》駅から始まった
難民の行列の中に
幼い日の僕がいた

前を見ると心がはやった
人が群がって何かを貰っていた
薄い茶封筒に入っていたのだ
二〇個ほどの氷砂糖
それを宝物を手にした様に覚えた

佐世保で貰った
軍の残り物の乾パンは
虫のいのちの拠り所となっていた
一センチほどの白い虫を摘まみ出しては
残すことなく
乾パンを食べ終わった時に
恵まれた氷砂糖だった

戴きものをする時の
弾む思いは
あの線路の上から続いているのだ

学徒兵

あの顔は
石に彫られていたのだろうか
あの青春は
石の中に埋め込められてしまったのだろうか
誰も無言のまま
無蓋の貨物列車の中に立っていた

あの時の
青春の群像に向かって
ねだったことを思い出す

飢えていた僕に
無言でらくがんを放ってくれた
学生も
怒涛のソ連軍の前で
いのちを晒さなければならない

それ迄に残された
僅かな時間の中に
立っていたのだ
美しい夢を見なければならない
彼らの生涯は

徴兵

あの日の朝の黒板に見た
漢文が一行
横書きに
大きく書きなぐられていた
何と書いてあるのだろう…
どんな思いに駆られて
書いて行ったのだろう

民家の空き家に開校して
日も浅かった

ただ一人の先生だった

分校への思いを
春の日差しの様に
温もらせていたのではないのか
人格を育てる学びの庭から
鷲掴《わしづか》みにされて
連れて行かれたのだ
殺戮《さつりく》の世界へ

侵略を聖戦と語らせる
大きな潮の流れはつづいていた

人がもの思う
豊かな海は
愛も人道も平和も潮に巻き込まれ
歪められた儘に
流れていなければ
人は売国奴と
云われるだけでは済むことはない
国が力尽くで連れて行くところは
正しい者を嘲笑う世界だ

平和な旗

どんな人が
先に立って歩いていたのだろう
長い行列の一人となって
歩いた

見たことのない旗を掲げて
休んでいた人達を見た

宮城（皇居）に向かって遥拝をしなさい
あの時代

天皇を拝む事をしいられていた
朝鮮民族の群れだった事を
知らなかった

日本の民は国の旗を
掲げて歩くどころではなかった
平和な民のしるしを
識別されたい！
異国の国日本に
支配されていた最後の日々を
彼らの旗は告げながら
揺れていたのだ

転落

背後からの一発の銃声で
幼年のあの日の僕は
線路の坂から転げ墜ちた
振り向くと
銃をかかえた
中国兵が乗っている馬車が
ゆっくりと動いて行く

国連を脱退した日本帝国は
あの日の僕よりも

悲しく哀れに転げ墜ちて
ほんとうの幸せを
求めていたのだろうか

睡りつづけていた
徳川幕府の遅れでも引きずって
駆け出しの大国は
思案をしたのだろうか

欲望で増殖した手を
世界が許さなかった手を
アジア人に突き出しながら

唱っていた
五族共和　大東亜共栄圏を

広がった戦火

これも持って行けば　これも
目の前の物に指差した
あの夏休みの日
そんな所ではないのだと
母は云っていた

行き先も分からない儘に
突然に
旅立つ日が見舞って来たのだ

佳木斯《チャムス》駅で
長い人の列を見た
戦場に向かう兵隊が
野外昼食を摂っていたのだ

無蓋《むがい》の貨物列車に乗っていると
屋根を草で被った
軍隊の列車と擦れ違った
屋根にまで乗って
胡座した軍人の顔に見た
むき出しの闘魂

最早なにもかも遅かったのだ
転ばぬ先の杖としなさい！
空から撒かれていた
アメリカからの警告
停戦は
中国も盛んに呼びかけていた
突然日ソ不可侵条約を足蹴にして
背後から迫って来たソ連軍
憑かれる様に信じて
国について来た民の前に待っていた

歴史にない悲しみの底に

夢のように崩れる日は
悔いを知らない日本帝国の
未曾有の悲しみを
従順に分け合ったのだ

略奪　一

貨物列車が停まっていた時だった
中国人の群が
車内に石を投げつけ
持ち物を奪いかかっていた

目の前の騒擾《そうじょう》に眠りから醒まされた僕は
逃げる所のない貨物列車という箱の中で
躯中に戦慄が走り廻った
怪我を防ぐ為だろうか
母は弟におお急ぎで上着を着せていた

防ぐものは何があったろう
小豆を握って
投げつけている人の側で
勿体ないーと叫んでいた婦人がいた
水筒の水を
振りかける人がいた

中国人が
棒を取り上げられていた
彼らの手からトランクを
車内に

取り返しかかっているのを見た時
怯えて見ていた僕は
そんな力があるのかと
不思議に思った

頭に包帯を巻いて
耐えていた
何も云わない婦人たちの姿は
薄暗い車内に白く目立つだけでなく
さっきの恐怖の一瞬〳〵を
しきりに告げている白さだった

略奪　二

騒動はいつやんだのだろう
発車したからだろうか
一人のロシア兵が
来たからだろうか

ロシア兵は
軍帽をかぶった
頼もしそうな士官に見えたが
包帯をしている人たちを
指差して知らされても

一瞥もなくほっとした皆なの思いを暗転させて
トケイートケイーと繰り返した
近くの婦人が
腕時計をはずすと
無言で手に取って去って行った

時計と一緒に
人生に引き連れて行った
想い出を
あのロシア兵は
どの様に歓ぶ理由を
見つけるのだろう

敗戦の日のテーブル

誰がカレーライスを
拵《こしら》えてくれたのだろう
野外に
テーブルを準備して
誰が
食べさせてくれたのだろう
綏加《すいか》の町に来た時には
ソ連兵の姿を見た
明日も知れない不安に取り憑かれる

難民の前には
鮮やかなテーブルだった

オイ！　どうした
声をかけて来たのは
テーブルの向かいにいた
本校の先生だった
自分には分からなかった
やつれているのを見たのだろう

誰かが捨てた梅干しの種を
口に入れて睡《ねむ》った

避難を始めて間もない
そんな夜から
躯は
飢えを訴えていたのではないだろうか
あのテーブルにいた誰が
満ちていたろう

アジアに野望を燃やしていた国が
民の暮らしを
保証できるだろうか
飢えに追い遣られていても
怒りを知らなかった

収容所となって

洗面所の前を誰も通り過ぎて行く
廊下の歩き方に
同じ特徴が見えた日から
洗面所の白い影が
僕の目を掠めて行った

四階建てだった
あのビルの水道は
満州国民としての存在感と一緒に
蒸発をしたのだ

それだけではない
緑の大地に込めていた愛も
広げていったプログラムも
引っ繰られて
夏の日まで訪れていた人生の朝は
最早やって来ることはないのだ

部屋ごとに廊下に並んだ
ブリキの便器
壁はなく廻りは水晶の様に透明な
空気だけが遮っていた
手を浄める一滴の水もない

あの現実にいて
ことばを知らない者となっていた

飢えていても
やまいに倒れても
訴えることばは
どこへ蔵《おさ》めてしまったのだろう

人が手を取り合い
平和を願っている世界に
日本帝国は壁を築いた
血のしたたる壁を

その前で嗚咽している民がいる
ひたすら沈黙をしている民は
どこの国の民だったのか

奪われて

秋が深まっていた頃だった
生還して来た父を
収容所の玄関前で迎えた

あれだけは取られない様に
躯の下に隠していたのが・・・
父は語っていた

千島列島では
欲が充たせなかったのだろうか

幕府総轄の地でもあった樺太
樺太まで奪い取っても
世界一の地主は
何が足りないのだろう

戦争が終わっても
汽車に乗り込んで来て
父の明日のいのちの
食糧も奪い取った

玄関前で見た
モスグリーンの布の空のバケツを

それを一つ
手に下げているだけの父を
更に何を見ていたのだろう
戦争への底知れない虚しさに
包み込まれて帰って来た
父の姿ではなかったのか

愛の形見

いつも一人でいて寡黙だった
その女性が
天然痘に罹ったと聞いた時
深刻に受けとめようとはしなかった

まだ変わりない頃だった
部屋の中に
幼い僕が何気なく視線を投げた時
自嘲気味な微かな笑いだった
扉を閉めに来た時の

あの笑いは
この世が浴びるべきものでは
なかったのだろうか

聰て女性の部屋の扉は
外から釘打ちにされた
あの時の響きは
何を確信したからと云うのだろう

日本難民が
天然痘で倒れたのなら
死と同じことではないのか

そしてためらいもなく
おおいなる創造者の愛の形見に
釘を打ち込んだのだ

国に帰る日を迎えた時
振り返りもしなかった
愛の形見は
閉じ込められた儘ではなかったのか
どんな鬼の証しを携えて
僕は難民収容所を後にしたのだろう

愛馬

生還者が
点呼されていた時に驚いた
誰よりも大きかった
父の返辞に

あの勢いでソ連軍に
向かって行ったのだろうか
あの勢いこそ
田園で
弾んでいたものではなかったのだろうか

収容所の部屋で
父が描いた馬を見た
物入れの扉の裏に
父のパートナーだった馬を見た
橇で学校まで
連れて行ってくれた
僕を背に遠い病院まで
連れて行ってくれた

仕事から帰ると
父は人参や酒を与えていた

家族だった馬に別れの時の思いも
いたわりの言葉をかける時もなく
戦争が分断した
それからの知らない日々
知らない人の前で
馬は戸惑ってはいなかったろうか

祖国へ上陸

艀《はしけ》を降りてあの日に見たのは
満州開拓を称え
おおいに勧めた
高官たちではなかった

多くの民が
死に囚われて逝った
いのちを繋ぎとめて
帰って来た者が見たのは
二人のアメリカ兵ではないのか

出迎えてくれたのが
アメリカ兵なのだろうか

彼らが運転する
トラックに乗せられて
行ったのは
夏休みで誰もいない学校だった

お帰りなさい―
ご苦労様―
国からは聞こえてはこない
語ろうともしないものを

生徒が書いたことばと絵で知った

国策の犠牲者たちを
祖国はこんな風に
迎えてくれたのだろうか
幼い胸には
憤りの渦巻きも何も起こらなかった

今沸々と煮え滾《たぎ》って来るものが
ある
国はただ呆然として
時を忘れていたのだろうか

満州を王道楽土と褒め称した
偽りの証しの前で

佐世保の海で

難民の暮らしから逃れても
祖国は遠かった
祖国の海の
香りに包まれてから知った
上陸不許可

貨物船の薄暗いあの船倉で
湿気が暑さが犇めく世界で
ずたずたにされた気力と躰で
耐えなければならなかった

何百人もの人と
雑魚寝をした日々

病菌者がいる限り繰り返した
集団検便
右の人も左の人も
今日も甲板で
家畜にされたのだろうか
お尻をまる出しにさせられて

祖国の海でも
すり替えられていたのだ

すこやかな夢がまどろむ
幼い日は

悲しむ者は

幼い日の
あの時の僕の手は
シャベルの代わりになっていた
父の遺体の前にしゃがんで
幾度も土をかけることを
繰り返していた

難民の死は
有り触れていても
あの現実の中にいながら

事実であることが
手のひらから思いの中から
今もすべり落ちて行く

野辺の送りをした
あの日の夕暮れには
父と同じく
目を閉じてしまった妹を
母は背にしていた

戦争を仕組んだ軍部のことも
果てしない戦いの泥沼から頼み込んだ

和平の仲介に
奸計《かんけい》で答えたスターリン

何も知らなかった難民は
荒野に放された
羊ではなかったのか
そんな日々に暮れている時に
知らなかった

悲しむ者は幸いである
この世で誰よりも悲しまれた
イエスから告げられていることを

イエスの数々の奇跡は
それはどんな人達への
思いを
込められているのだろう

授けられた意志

膝を曲げた片脚は
地面に突き出たまま
人が道端に埋められていた

同胞は
なぶり殺しにされた…
中国人の怨念
一瞬　戦慄がよぎっても
誰も口には出さない
唯そこを遠ざけて歩いて

ぼた山に向かった日々

炭殻捨て場を
棒でほじくり
石炭をコークスを見つけなければ
売らなければ
飢えから逃れるものを
生きて行くことへの戦いの糧を
どこで見つけられたろう

深夜の投資者

ロシア兵は
幸せになれる有資格を
ひと振りで払いのける為に
闖入《ちんにゅう》したのだろうか

オデヨーピン（私は病気だ）―と云って
半身を起こした父は
中国人を手引きにして現れた
ロシア兵に
札を渡していた

父が金を持っているとは
惜し気もなく渡しているとは
悔しい思いで見た

父の枕もとに
いつの日か又現れた
それは別なロシア兵だろうか
あの深夜も
誰が幸せなのだろう
幸せへの投資を
誰が確かなものにしたのだろう

日々が悲劇だった
のちの日の
ヨブへの豊かな祝福は
この世からのものではない事は
歴然としている
預言的な
おおいなる祝福よ
それこそ
どんな人達が信じて待つことが出来るのだろう

【著者プロフィール】
大畑光義（おおはた　みつよし）

1937年旧満州依蘭県生まれ。
宮城県佐沼高等学校夜間部中退。
1976年サトーハチロー門下生に詩の指導を受ける。
1979年雲と麦詩人会に入会。

悔恨の鐘が鳴る

2001年2月15日　初版第1刷発行

著　者　大畑光義
発行者　瓜谷綱延
発行所　株式会社 文芸社
〒112-0004　東京都文京区後楽2-23-12
電話03-3814-1177（代表）
03-3814-2455（営業）
振替　00190-8-728265
印刷所　株式会社 平河工業社

ISBN 4-8355-1348-7 C0092